세월을 넘어온 것들에 틈이 있다

세월을 넘어온 것들에 틈이 있다

시작시인선 0559 세월을 넘어온 것들에 틈이 있다

1판 1쇄 펴낸날 2026년 3월 25일

지은이 김란희
펴낸이 이재무
기획위원 김춘식, 유성호, 임지연, 차성환, 홍용희
편집 이호석, 박현승
편집디자인 김지안, 장수경
펴낸곳 (주)천년의시작
등록번호 제301-2012-033호
등록일자 2006년 1월 10일
주소 (03132) 서울시 종로구 삼일대로32길 36 운현신화타워 502호
전화 02-723-8668
팩스 02-723-8630
블로그 blog.naver.com/poemsijak
이메일 poemsijak@hanmail.net

ⓒ김란희, 2026, printed in Seoul, Korea

ISBN 978-89-6021-845-1 04810
　　　 978-89-6021-069-1 (세트)

값 11,000원

세월을 넘어온 것들에 틈이 있다

김란희

천년의 시작

시인의 말

언제쯤
나의 時에 미안하지 않을까?

낙숫물이 바위를 뚫는 그날을 기다린다.

희미한 기억에 마음을 모으고
사그라지는 것들을 간절함으로 담았다.

선반을 비워야 하는 시간
손끝으로 지문을 찍은 모든 것을 사랑한다.

차 례

시인의 말

제1부 틈새는 생존이다

해 설

제1부 틈새는 생존이다

세월을 넘어온 것들에 틈이 있다

자기 그림자에 빛바랜 창고
겨를의 발자국들로 다져진 시멘트 계단
자기 몸을 부스러트려 모퉁이에 틈을 만든다
세상과 어울리는 일이다

담쟁이덩굴이 기어오른다
고깔바위이끼가 자란다
민들레가 핀다

틈새는 생존이다

봄이 새싹을 피워 올린다
꽁무니바람도 분홍 햇살도 쉬어 간다
봄바람은 꼬리에서 향기가 난다
계단이 활짝 피어난다

틈새는 마음이다
틈새는 인연을 만든다

허물어진 틈새 사이로 내가 보인다

인드라망

빈 함지박을 양지바른 곳에 두고 바라본다

나무의 뿌리가 길을 찾아 발을 오므린다
다시 뻗는다
나이테도 보인다
호비칼* 지나간 자리마다 햇살을 받은 숲의 지문이 보
인다

꽃바람이 나무에서 잔잔한 물결을 일으키는 밤
함지박에는 당신의 평생이 담겨 있다
해안과 파도도 담겨 있다
당신이 노을을 지고 갯벌을 건너온다

구슬 속에 바다가 있다
당신의 손에서
구슬 속 세상이 자란다

구슬을 꼭 쥔다

구름에 햇살이 담겨 있다

* 호비칼 : 나무 따위의 속을 호벼 파내는 데 쓰는 칼.

파피루스

숲이 포개져 있습니다
책꽂이에서 나무가 자라납니다
숲의 노래와 햇살을 읽으며 바람과 빗소리 따라 나의 언
어를 찾아갑니다
발소리가 들립니다

나무의 고향은 높고 반짝입니다

팔랑이는 잎을 만지면 그의 고향이 보입니다
소낙비 지나간 들판에서 흙냄새가 납니다
파도가 구름에 스며들어 눈이 부신 하늘이 보입니다
생각이 생각을 베어 내면 움이 자라납니다

어느 날은 시멘트 숲에서 잃어버린 발자국이 보입니다
변색이 되어 버린 원시림에서 오래전 부러뜨린 그림자가
걸어서 나옵니다

포개진 숲에서 가을바람이 불면
드러눕는 수풀 사이에 곧추선 생각 하나
원시림의 알몸을 묵상합니다

시집을 읽습니다

겨울 아침

신문이요
담장 너머로 신문이 툭 떨어진다

옆집 검둥이가 짖는다
토방에서 밤새 언 신발은 딱딱했다

까치발로 집어 든 신문에서 풍기던 냄새
오늘도 일산화탄소 중독사
구들장이 약한 달동네에서는
밤마다 식물인간이 태어난다

동지섣달 밤이 요란하다
골목이 좁고 비탈진 동네는 불이 자주 난다
부라더미싱을 머리에 이고 불을 피한 어미
맨발의 소녀,
포인세티아 화분을 안고 서서 불꽃을 바라본다
신문에서 눈은 여전히 내리고

신문이 사라진 거실

핸드폰을 충전하고
사람이 개를 물었다는 뉴스를 검색한다

푸른 침묵에 떠내려가던
한 움큼의 겨울이 그 아침을 부른다

소록도

섬에 붉은 비가 내린다
크고 작은 웅덩이마다 몽골 하늘이 내려와 고인다

병원 중앙공원 연결 통로 사이 벽면엔 모자이크 석판이
있다
석판에 새겨진 눈썹도 없는 짓무른 눈
뭉그러진 코
일그러진 얼굴
차마 똑바로 볼 수 없다

제비선창, 갯벌에는 홑이불 같은 안개가 드리워진다
비에 젖은 영혼들이 아물지 않고 내려온다
비는 소리다
비는 떨어지면서 살아난다

살과 살이 닿을 수 없는 수탄장*
꽃처럼 붉은 울음을 밤새 울었다**

하늘과 땅 초록이 햇빛의 무늬를 만들며 자란다

* 수탄장 : 환자인 부모와 미감아 자녀가 한 달에 한 번 만나던 곳.
** 서정주의 시 「문둥이」에서 차용.

백련사 동백

초의선사가 걸었던 동백나무 숲길
바람이 쌓인다
툭 떨어지는 동백꽃잎들
그 이야기를 듣는다

이것이 저것으로
저것이 이것으로 들어가지 못한 마음을
두 손 모아 기도하는
저 동백
전생에 낙화한 여인이 피어난 듯
마음엔 연등이 붉게 매달려 있다

대웅보전 꽃살무늬 문짝에 앉아 있는 나비경첩
천년 나무와 연기緣起하고
평생을 날아가는 나비

청산도에서

신호등, 교통 표지판도 없는 길
구들장 논길 따라 걷는다

갯돌 해변에는
썰물로 만들어진 모래 풀등이
세상과 경계를 짓느라 찰랑거린다
저 혼자 핀 갯무꽃은 파도 소리 들으며
햇살과 눈금 재기를 한다

남도 갯길 따라 걸어가는 상서마을 돌담길
작은 돌이 큰 돌 틈을 받쳐 주어도 고달프지 않은
휘어진 담 너머 삶이 궁금하다

햇살 찬란하고
숨소리도 들리지 않는 날
시간은 멈추어 지나온 길을 돌아본다

날씨처럼 매일의 그리움이 바뀌는 그곳
풍경을 바라보다가 그만

생각을 놓아 버린다

세비야의 밤

플라멩코
붉은 와인 한 잔

무대는 어둡다
집시 여인 풍만한 가슴이 흔들린다
슬픈 시를 쓰고 있다

붉은 캐스터내츠 허공을 부여잡았다가
금세 놓아 버린다
온몸으로 무대를 세상을 내려찍는다
빨라지는 리듬과 괴성
관객도 무희도 이 밤에 미쳐 간다

그들은
몸짓으로 사는 불꽃이었다

연홍도 풍경

허물어져 가는 흙담도 그림이다

빨갛고 파란 지붕이 꽃처럼 피어 있는
골목을 들어서면 햇빛이 팽팽하다

담벼락에는 수키와가 선반처럼 붙어 있고
검정 고무신 한 짝
올망졸망 새끼 거느린 다육식물이 살아간다
혓바닥 쏙 내밀며 하품하는 고양이도 그려져 있고
낙관 없는 작품이 전시 중인
지붕 없는 미술관

섬은 고요하고 바다는 시끄럽다

노천카페 앞에 서면
가슴에 고여 있던 파도가 일렁인다

빛바랜 이름 하나 붙들고
상사화도 나도 해변을 오래 바라보고 있다

재건축

119에 신고합니다
재건축 조합 밴드에 불이 났어요

신축 아파트 이름 짓는데
국적도 알 수 없는 혼합어混合語의 난산
소리는 들리지 않고 갈기를 휘날리는 말, 말들이
먼지를 일으키며 달린다

한 알의 사과 속에 과수원이 들어 있다고 하는데

내 집에 들어 있으면 하는 것은
침묵에도 소리가 있음을 아는 여린 이들의 공간이었으면
흐르는 시간도 잡았다 놓았다 할 수 있는 여유와 너의 숨
소리가 들리고
아침이면 아가 얼굴처럼 뽀얀 햇살이 찻잔에 담기는 그
런 곳

건물…
사람…
소모품,

붉은 동백꽃 한 송이처럼 툭 떨어진다
향기도 없이

햇빛이 그림자를 밟으며 따라오고
골목을 타박타박 지나갈 때 내 발소리에도 무서웠던 골
목길
담장 위에 별 조각이 삐죽삐죽 박혀 있던 집

그 집을
우리는 담장 낮은 집이라고 불렀다

페루에서

리마 미라플로레스 해변은 종이로 만들어졌다

몽돌은 하얀 종이꽃을 피워 올리고

꽃향기는 세비체의 새콤함

낯선 바닷가를 걷는 낯익은 사내들의 뒷모습

종이 위에 그림자를 드리우고

물에 젖지 않는 종이로 살아 보고 싶었던 다짐

종이꽃이 수없이 피었다가 지는 해변에는

꽃의 사체가 떠다닌다

사내들의 외로움이
떠
다
닌
다

솔바람

구름이 숨겨 놓은 달을 찾으며 올려다봅니다

그렇게 공원 벤치에 앉아 있으려니
초가을 같은 솔바람이
엄마 손길처럼 옷깃을 매만져 주네요

냉커피 한 잔을 나누는
옆 벤치 연인을 훔쳐봅니다
반려견의 나풀대는 두 귀, 꽃을 찾아 옮겨다니는 나비
같구요
살랑이는 꼬리를 바라보는 주인이 천진스럽습니다

벤치 아래 종이 상자를 펴고
종일 품고 다녔을 보따리, 베개 삼아 누워 있는 노숙자
낙타처럼 누워 잠이 듭니다

옆에 앉아 있던 노숙자도
머리맡에 빈 상자를 조용히 세워 바람을 돌려보냅니다

백화점에서 살 수 없는
선물을 이 밤에 많이 받고 있어요

오이도

날씨가 순하고 부드럽다
갈매기도 날아오르지 않는 갯벌
낡은 어선 한 척이 몰락한 인생처럼
기우뚱 박혀 있다

별을 품고 흘러온 강이 쉬어 가고
빨간 등대가 있는 갯둑에서 윤동주와 노천명과
김소월을 만났다

바지락 칼국수 집에 들어서니
젊지도 늙지도 않은 여인
구석진 테이블에서 벽을 의지하고 앉아
소주병을 기울인다

얼굴에 밀물과 썰물이 드나든다
낮술을 마시는 여인
갯벌에 박혀 있는 어선을 닮아 있다

망고 파는 여자

치앙마이에서
카렌족 여인과 촬영하며 먹었던
아득한 별빛을 품은 맛

허리에 금띠 두르고
노란 포장지에 싸여 동네 가게 진열대에
몸을 서로 맞대고 있다

왜 망고를
꽃의 물방울이라고 하는지
한참을 들여다보는데

피부가 까무잡잡한 여인
어눌한 말투로 물건값을 흥정하며
한국을 배워 가고 있다

고향,
망고나무 아래 살던 날들이
꽃의 물방울이었을
저 여자

돼지순댓국

쿰쿰한 냄새가 야바위꾼의 숨소리처럼 비밀스럽다

입만 있고 귀는 없는 세상에서 쫄깃한 귀를 씹는다
갓 돋아난 쑥처럼 부드럽고 고소한 귀
그 귓가에는 바람 냄새가 난다

목젖이 먼저 오르내린다
칼을 온몸으로 받은 도마는 움푹하다
구멍이 숭숭한 허파가 잘리고 있다
하루가 뚝배기 속에서 넘치지 않고 잘 끓는다

대를 이은 손맛
주인의 넉넉한 솥에서 시장이 부글거린다
네모난 양은 쟁반 바닥에서
죽어서도 웃어야 하는 돼지머리가 귀를 세우고 있다

토렴하며 퍼담은 순댓국 한 숟가락
소주잔 기울이며 서로에게 물들어간다

귀가 있어 참 좋다
너의 일부를 묻고 있다

제2부   술래에 쫓기던 낡은 고무신

홍시

백수白壽에 이른 큰어머니 댁
추석이면 모여 성묘도 하고 안부를 묻는다
사촌들은 세월의 무게로 머리가 희끗희끗하다

한 사촌이 나를 바라보더니
나이 들어가며 체격이나 걸음걸이 하며
음성까지도 엄마와 똑같단다

장독대 옆
홍시를 매달고 있는 감나무
잠자리 한 마리가 홍시를 꼭 끌어안고 있다
누군가를 닮아 간다는 것은
소나기 맞고 서리도 맞으며
저렇게 탐스럽게 익어 가는 것이겠지

산소 쪽 능선에서 불어오는 가을바람
엄마 냄새가 난다

징검다리

신발장을 정리하다가
꼭대기 칸에 올려져 있는 오래된 종이 상자를 열어 본다

하얀 코고무신 한 켤레
바닥에 볼록하게 새겨진 물결무늬가 아직 선명하다
엄마가 회갑 때 신었던 고무신

당신은 지금도 여기에 머물고 있다

별들이 죽은 반딧불이처럼 숨도 쉬지 않는 새벽하늘
상처를 품어야 수액을 흘리는 고무나무처럼
살아온 길

숲은 바람의 요람
바람이 고무나무 숲을 지난다
상처가 아문다

뻣뻣해진 고무신을 쥐어 보니
투병하던 엄마처럼 부스러진다

칡뿌리

음력 정월
배나무 과수원 옆 산등성이는
꽝꽝 얼어 삽날도 들어가지 않았다

언 몸을 녹이기 위하여 피워 놓은 모닥불 타닥거리며
재가 하늘 높이 날아올랐다

삼베 두루마기를 입고
자기 키만 한 대나무 지팡이를 휘두르며
곡괭이에 찍혀 올라오는 칡을 마냥 좋아하던 상주(喪主)
못자리를 파던 이들이 바라보며
혀를 차던 그 겨울이 내 삶에서 가장 추웠다

삼촌과 고모들 입에서 간간이 새어 나오던 한숨이
삽질 소리에 묻히던 망우리
따뜻하지도 부드럽지도 않은 거리에 발자국을 남긴다
어렴풋한 슬픔을 감고 오르던 칡덩굴
칡은 소리도 없이 발을 뻗어
일가를 이룬다

침묵에도 소리가 있다

썩어 가는 양파와
유통기한이 지난 베이컨
2℃의 가슴에서 고약한 냄새를 풍긴다

침묵을 냉장고 안에 넣었다
침묵에는 방해가 없다

침묵 속에서도 베이컨은 냄새가 났다

양파는 침묵에서도 새싹이 났다
싹이 난 침묵을 냉장고 안에서 들어냈다

엄마도
가끔 침묵을 가슴에 품고 그르렁거리며
며칠씩 자리에 누워 있었다
유통기한도 없는 침묵이 가슴속에서
썩어 가는 줄 몰랐다

보자기

서랍장에 차곡차곡 개켜져 있는 보자기를 만져 본다
둥근 것을 싸면 둥글게 네모진 것을 싸면 네모지게 품어
주던 보자기
지인들의 마음을 모아 놓았다
무지개 색깔처럼 다양하다

할머니가 집에 올 때는 늘 보퉁이를 이고 들고 오셨다
회오리 무늬가 새겨진 박하사탕
강낭콩이 드문드문 박힌 솥뚜껑만큼 커다란 빵
먼 시골 동네의 바람 소리도 실려 왔다
내 단발머리를 빗겨 내리던 참빗도 있었다
할머니의 보따리는 먹을 것만이 아니었다
여자란,
여자는,
목소리가 담을 넘으면 안 된다
문지방을 밟고 다니면 안 된다

밍사산

천사를 보았다

동죽 조갯살 같은 얼굴
내 팔을 베고 누워 배냇짓한다

입을 오물거리며 젖을 찾는다
아기 단풍잎 같은 손가락이 꼬물꼬물
가슴을 더듬는다

할미!
할미!

밀어내야 할까?
가슴을 열어야 할까?

그림자 없는 세상
내가 나와 싸우며 기울어진 몸
낙타를 끌고 밍사산*을 넘는다

선악을 아는 열매를 맛보았다
이야기가 살아난다
천사와의
첫날 밤

창호지 바르기

시과翅果가 허공을 맴돈다
내가 허공을 맴돈다

하늘은 쌀쌀맞게 푸르다
눈을 감는다
잠시,
휘청한다

보도블록 위에 떨어진
계절을 주워 하늘을 비춰 본다

흙담도 따뜻하던 가을날
토방에 여닫이문 세워 놓고 창호지 바르던 할머니
풀칠한 창호지를 맞잡아 주던 단발머리 소녀가 보인다

몽당 갈대 빗자루에 풀을 묻혀 문살에 바른다
갈대 향이 피어난다
문풍지에서 갈대 우는 소리가 들린다
달 밝은 밤 창호지 문에는 갈대밭에서 날개를 퍼덕이는
고니의 그림자가 어른거린다

동그란 문고리 옆에
은행잎 단풍잎 국화꽃 덧대어 붙이던 늦가을
바지랑대 끝에서 고추잠자리 맴돌고
한나절쯤 지나 창호지를 퉁퉁 쳐보면 장구 소리가 났다

가을을 붙일 문이 없다
손에 들고 있다가 스쳐 간 인연에 끼워 넣는다

미산嵋山마을

보령 미산 어디쯤인가
봄볕은 유난히 따뜻하고 가을이 일렁이던
내 어릴 적 동화 속 마을

굴뚝새 노랫소리 들으며
계집아이들은 무덤가에서 할미꽃 전설을 이야기하고
개미가 줄지어 드나드는 개미집을 하릴없이
바라보자면 봄볕에 등이 따뜻했다

능선이 아늑한 산자락 아래
나지막한 초가가 띄엄띄엄 앉아 있던
산골 마을,
이른 아침
흙이 고운 마당에는 싸리 빗자루 지나간 자리가
빗살무늬로 남아 있었다
해 질 녘이면
산허리를 감고
어스름이 내려오던 마을
뒤란 초가지붕 처마 아래
볏짚 잘라 버무린 진흙을

툭툭 던져 붙인 굴뚝에서 피어오르던 연기

모난 이야기도 둥글게 듣는 것이 편안한 지금
기억에 접혀 있던 그 마을이
봄처럼 찾아온다

답십리 골목

다방구하던 아이들
함성이 사라지지 않은 골목에
두부 장수 종소리가 담장을 넘는다

처마 아래 마른 무청 시래기가 두런거리고
나무 전봇대의 매달린 녹슨 전등갓을
흔들어 대던 초겨울 골목 바람

슬레이트 지붕 위에 던져진 오자미 위로
별똥별이 꼬리를 길게 달고 아차산으로 넘어가던 밤
백열등 흔드는 아이들 웃음소리
굽어져 끝이 보이지 않는
골목을 돌아간다

술래에 쫓기던 낡은 고무신이
몸보다 먼저 도망가던 그날은 이제
달 뒷면으로 사라지고

종이 별을 접으며
지붕보다 높은 전봇대를 올려다보던

가을비가 내리면

대나무 살로 만든 비닐우산은 작은 바람에도 훌러덩 뒤
집혔다
발걸음을 옮길 때마다 어깨 위에 떨어지는 차가운 빗줄기
낡은 운동화에 빗물은 스며들고
그때는
비, 바람 막아주던 엄마가 있었다

소나기라도 오는 하교 시간에는 아이들이 부러웠다
우두커니 서서 교문 쪽을 바라보던 어린 날
그래도, 그때는
내 편 들어 주던 엄마가 있었다

오늘 가을비가 내린다
빨간 우비를 입고 무지갯빛 우산을 쓰고
호피 무늬 장화도 신는다
따스한 엄마 손을 잡고
찢어진 비닐우산을 쓴 단발머리 소녀가 걷는다

고추바람을 맞으며 걸어온 길
내가 거들고 가을비가 나를 만들어 간다

가족사진

햇살이 방 안에 가득, 환하다
매미 한 마리 방충망에 붙어 안을 들여다본다

상자를 열어 흑백 사진을 보는데
기억은 오래된 슬픔처럼 희미해진

거실 벽에 걸려 있던 가족사진
세상살이에 주저앉은 실직자의 구두 뒷굽처럼
침묵을 밟고 상자 속에 누워 있다

김치 하며 억지 미소를 짓고 있는 어른들
배냇머리를 상투처럼 묶어 올린 조카
손뼉을 치면서 호탕하게 웃던 엄마의 웃음소리
유난이 컸던 식구들의 목소리가 빈방에 울린다

맞추지 못한 삶의 퍼즐이 손끝에서 방황한다

엄마의 낡은 가방
오래된 가족사진
모두가 지난 삶의 한 부분인 걸

사진 속 인물들과 말하다가
눈시울이 붉어진다

매미가 그걸 아는지, 열심히 울어 주고 있다

소리 감별법

할머니는 장독대에서 가끔 이상한 행동을 하였다
빈 장독에 귀를 대고
손끝으로 배를 톡톡 두드려 보는 것이다

장독이 할머니에게 무슨 비밀을 말하는지
몰래 항아리에 귀를 대어 보았다. 그런데
아무 소리도 들리지 않았다
할머니는 보이지 않는 소리를 듣는다고 했다
실금 간 항아리가 내는 소리는 여물지도
청아하지도 않다고 했다

가을밤에 내 몸을 똑똑 두드려 본다
탁한 소리가 난다
금이 간 몸에서 나는 소리가 아닌가
으악새 우는 소리는 들을 수 있는데
내 몸이 우는 소리를 듣지 못했다

가을비가 창문을 톡톡 두드린다

폐광촌에서

동굴로 오르는 언덕배기는 가난처럼 가팔랐다

엄마 손 잡고 온 아이가 동굴에 들어선다
엄마 지옥 같아요

폐광된 지 50여 년이 지났건만
동굴에서 탄내가 난다
과테말라 커피 노동자들이 커피나무에 손을 넣는다
어둠을 딴다

고대 지하 도시처럼
갱도 벽면에는 광부들의 선명한 낙서
"울리지 말라"
삐뚤빼뚤한 글씨들
탄진炭塵 작업복을 입은 광부들

지하 갱도 끝자락에 있는 와인 바
다이너마이트 터진 자리마다 광석이 빛난다

헤드램프를 한 아버지를 오랜만에 만났다

그늘

신호등을 기다리는 건널목

'햇살 내리쬐는 여름날
그대의 그늘이 되길 기다리며'라고 쓰여 있다
은행나무와 친구 하며 여름내 큰 품 벌려
그늘을 만들어 주던 파라솔

고층 건물 사이로 떨어지는 햇살을
빗금으로 맞으며
그대의 그늘이 되길
기다리고 있는 것이다

광야에서는 길을 만들어 가며, 세상 사는 지혜를 가르쳐
주던, 나에게 아름다운 그늘이 되어 준 사람. 가슴에 품을
말 한마디 서로 건네지 못했다. 파괴 없이 창조가 없듯이 얼
굴에는 삶의 사계절이 묻어나고, 슬픔은 부서질 줄 모르고
도둑고양이처럼 내 마음의 담을 넘나들었다.

웃는 모습으로 편안해진 이제서야
나도 누군가의 그늘 속에서 자라고 있다는 것을 알았다

이웃집

1402호에서 김장김치를 맛보라며 가져왔다
자기네는 아랫녘 사람들이라 젓갈을 많이 넣는다며
입맛에 맞을는지 모르겠단다

고맙고 급한 마음에 들어오란 말도 못하고
그릇을 비워 주었다

크리스마스쯤 이웃이 되어 기쁘다고 카드를 써서
와인과 함께 선물했다

나도 그 집에 들어가지 못했다

창가에 앉아 눅눅한 마음을 달빛과 나눈다
달나라보다 가기 어려운 곳

제3부　세상 거미줄에 걸려 있는 어부

봄비

모락산
능선을 농담濃淡으로 지워 버린
사월 빗소리 듣는 아침

가이스카 향나무
섬잣나무 나란히 서서
서로 안부를 묻고 있다

파란 비닐우산 속
어깨 맞대고 걸었던 명동 거리

나는 왼쪽 어깨가 젖고
당신은 오른쪽 어깨가 젖었다

매일 비가 왔으면 하던
그 사람

풍란

봄날,
마실 나온 햇살이
정적의 베란다를 훔쳐본다

막 샤워를 끝낸
요염한 몸매에서 풍기는 향
성숙한 여인의 코티분 냄새가 촉감으로 와닿는다

앙가슴과 늘씬한 다리에 반짝이는 물방울
그 몸으로, 휘감으면 돌부처도 감당하지 못하리

구름이 달을 먹어 버린 밤
그도 눈 딱 감고 풍란을 품어 보았다

그런 사랑
스며들지 못하는 몸뚱이엔
검버섯 같은 이끼만 피어나더니
어느 날 수줍게 잎 사이로 꽃대가 올라왔다

아무도 모른다

이들의 밤 역사를

숲을 만지다

소리가 주름을 편다

손바닥만 한 토방에 내려앉은 달빛
봉당에 놓인 아이의 꽃신이 들려주는
한낮의 웃음소리에 귀 기울이고

다듬잇방망이 소리는
한지 장판에 콩땜 문지른 것처럼
이불 홑청 주름살을 반들반들 펴 준다

장단에 맞추어 쉿 쉿 추임새를 넣으면
귀신 소리를 내는 문 창호지가 겨울밤을
녹신하게 안아 준다

잘했어
괜찮아 한마디가
온돌방 아랫목에 언 손을 집어넣은 것처럼
접힌 내 어깨를 주무른다

쇠박새는 새끼 울음소리에 날개를 펴고 날아오른다

소리가 새끼를 키우고

남실바람이 옷자락을 만져 보는 숲
나를 맴돌다 숨어 버린 소리

서리가 땅에 내려앉는 계절
빈 들판에 허수아비의 목울대가 뜨겁다

꽃비 내리는

떨어지는 꽃잎

이사도라 던컨이 맨발로 춤을 추듯
시간을 건너가는 꽃비

컵을 찾는 동생에게 "저기 아니 저기"
입안에서 맴도는 낱말들

마무리되지 않는 시의 마지막 구절처럼
할머니와 엄마가 쓰던 표현들
벌써 내 곁에 와 있다

동생이 하는 말
다 알아들으니까 슬퍼하거나 노여워하지 마시란다

벚꽃 잎은 보도블록 사이에 꽃 줄눈을 넣고
간이역 같은 봄날

입양

흑단 나무에서 태어난 그 아이를
토속품 가게에서 데려왔다

달나라 계수나무를 꺾으려고 두 팔은 하늘로 올리고
달의 무늬를 품은 가슴은 목련꽃 봉오리 같다

왼손이 오른쪽 어깨를 넘어가도 닿지 않는
오른손이 왼쪽 겨드랑이를 돌아가도 닿지 않는
오지奧地
내 몸에 있다

흐린 날
파도 소리가 더 크다
물결은 가려운 곳을 만지려고 발밑까지 온다
모서리에 간들간들 매달려 잡히지 않는 은빛 물결
그것이 와서 내가 가렵다

토끼가 떡방아를 찧는 밤
물결의 모퉁이를 가진 그 아이가
오지를 거침없이 다니며 가려운 곳을 긁어 준다

원목 식탁

깊은 밤
빡 하는 소리에 놀라 벌떡 일어났다
누구야
소리를 질렀다
인기척이 없다

아침에 일어나
어젯밤의 범인을 이리저리 찾아본다
바로 그놈은 식탁 상판이다
뉴질랜드 남섬 빙하가 갈라지듯
쩍 벌어져 있는 게 아닌가
어제만 해도 나뭇결은 서로 붙들고 있었다

열대우림에서 태어나 자란 몸
내 집 주방에서 일 년을 버티며 무던히 애쓰다가
더는 견디지 못하고 자기 살을 찢으며
지른 비명이다

이북에서 피난 내려온 우리 가족
명절이면 친척들이 모여 앉아 모닥불 살리듯

우리는 서로를 붙들고 있었다

생명이 끊어진 목재도 제 뿌리를 잊지 못하고
생살을 찢으며 이산離散의 아픔을 부른다

채플(chapel)

강화 동검도에는요
일곱 평의 작은 성당이 있어요
채플실에는 영혼을 위한 숨터도 있고요
스테인드글라스 창문도 있어요

주인이 없는 집이래요
문이 있지만 언제나 열려 있어요

작은 창으로 우주가 보이네요

햇살이 갯벌로 스며들어요
빛은 갯벌이 되었네요
갯벌은 갈대가 되었네요

싱잉볼 소리 두 손에 모아 쥐고 멍때리면요
검불 하나 허공잡이를 하네요

귀가 필요 없어요
입이 필요 없어요
싱잉볼 소리만 들려요

소리에 나비 하나 날개를 펴네요
이승의 여행자인 것을 알았네요

오늘을 끌어안아 보아요

갯벌에 누워 있는 어선
온몸으로 갯벌을 끌어안고
밀물 때까지 멍때리고 있겠지요

엘리베이터에서

분당 현대백화점
어느 여인과 함께 탑승했다
뒷모습을 바라보고 서 있는데
여인의 블라우스 옆구리에 붙은 허연 헝겊이 보인다
목덜미에 붙은 상표도 보인다
블라우스를 뒤집어 입었나 보다
알려 주어야 하나 말아야 하나

나도 바지 앞 지퍼가 열린 것을
모르고 다니다가 당황한 적 있다
가끔은 옷을 뒤집어 입고
바지 지퍼도 제대로 간수하지 못하는 나이

어지간한 남의 실수도
나의 실수로
그냥 웃어넘긴다

요즈음 비싼 옷은
일부러 상표가 보이게 겉에 붙인다는데

그래도 건너온 시간이 헛것은 아닌가 보다

회전목마에서

마흔두 명이 눈을 감고 있다
너와 나의 어깨가 난파선처럼 출렁인다
구두 속 발가락을 오므리며 버틴다

회전축에서 벗어날 수가 없다
발굽을 버둥댄다

손바닥 안에 사각 링,
흰 팬츠와 검정 팬츠가 서로 때린다
세상은 서 있는 자에게 박수갈채拍手喝采를 보낸다

쓰러진 자의 발굽이 허공에서 버둥거린다
발굽에서 붉은 비가 내린다

지하철 계단을 떼 지어 내려간다
강 건너는 누 떼가 보인다

초원에서 흙먼지 날리는 말굽 소리가 들린다
나는 톰슨가젤
눈을 뜨면 달려야 살아남는다

안개가 산허리를 베어 놓은 산속
꿈은 동상銅像같이 높아서 보이지 않는다

오지항아리

버지니아에 사는
친구 집을 찾아간 날
화장실 귀퉁이에 놓여 있는
오지항아리를 보았다

뒤뜰 채송화와 분꽃이 피어 있는 장독대에서
미루나무 잎처럼 반짝이며 그 속에서 익어 가던
옛이야기들

아담한 갈색 항아리에는
그저
날짜 지난 한글 신문만 가득하다

꺼내 보니 분꽃 씨앗 같은 까만 활자들
익숙한 활자가 촉촉하다
그리움은 불면이 되어 모래시계가 뒤집히듯이 밤을 뒤
집는다
거리만큼 멀어진 시간을 돋보기 너머로 읽는다

기억은 삭고 생각만 자라는 곳

생각마저 외로워지더란다

생각마저 외로워지더란다

꽃피우다

계절도 무늬를 그리며
성장하는가
수리산 정상의 아침은 수묵화다

유리잔의 하얀 감자꽃
벌, 나비와 정사(情事)가 없어도
잘린 몸 추스르며 생을 꽃피운다

햇살이 들려주는 잡것들의 세상 이야기
깨진 술잔이 부르는 짜디짠 노래 들으며
뿌리내리고 사는 생이 꼿꼿하다

세월이 지나가는 몸
기다림은 오래되어 꽃을 피우고
저리 발랄한데

'자주 꽃 핀 건 자주감자, 하얀 꽃 핀 건 하얀 감자, 파보
나, 마나'*

망가지지 않으려 바둥거렸던 시간들아
잔디처럼 일어나야 했던 짓밟힌 시간들아
'망설임을 대신하던 눈물들아'**
이제야 가만히 밀어낸다
그래야만 한다

나이테

달빛이 마실 나온 풀숲
바람과 많은 대화를 하며 몸집을 넓혀 가요

이깔나무,
우듬지가 바늘 같은 새 옷을 갈아입었어요
이 계절이 가기 전에 삶의 두께를 단단히 하네요

횡단으로 자르면
동심원으로 우리들의 얘기가 들릴 거예요
직선으로 자르면 거미줄같이 엉킨 생각이 자라나면서
이야기가 끊어졌지요

이때쯤 삶에도 높이가 필요하겠지요

가끔은 세월에 휘어지고,
옹이가 박힌 가지를 만날 수도 있어요
키스는 지워지지 않아요
평생 간직해야 할 거예요

어긋난 삶은 묘한 이력과 묘수가 될 때도 있어요

나무쟁반 귀퉁이에도 이력이 있네요
시간의 일생을 읽는 아침입니다

학의천에서 1

겨울의 학의천 길을 걷는다
마스크 쓰고 눈만 빠끔한 얼굴
두 팔을 흔들며 시름을 다지는 발자국

산본으로 가는 길
의왕으로 가는 길
영등포로 가는 길
팻말이 서 있는 곳에서 머뭇거린다
모두가 굽은 길

돌다리 난간에 기대어 고여 있는 듯, 흐르는 듯,
알 수 없는 개울을 들여다보는데
물거울에 비친 낯선 얼굴 하나
정답 없는 이승에서 싸우다 지친 마음 품고
나와 눈싸움하다가
나를 따라 빙긋이 웃네

잉어 한 마리
동안거 해제한 큰스님 길 나서는 뒷모습처럼
서두름 없이 지느러미 흔들며

다리 위 세상 소리쯤 귓전에 닿지 않는 듯
물길을 거슬러 오르고

잔챙이들은 머리를 맞대며
뭉쳤다
헤어졌다
분주하다
잔챙이들은 왜 이리 항상 요란스러운가?

허물의 의미

늙은 아파트 옆
나이 먹은 느티나무

가을바람에 로스팅 당한 갈잎들이
오체투지길 떠나는 라마승처럼 엎드려 있네

아름드리 느티나무 허리에 붙어 있는 육신 떠난 거푸집
소신공양 열반에 든 듯 고목에 매달려 있네
흡사, 바랑 멘 젊은 스님의 반듯한 뒷모습이 아닌가

세 치 혀의 괴물이
흘리고 다닌 이승의 업보
허물을 벗어 극락정토에 이를 수 있다면

그늘 따라 옮겨가며 발끝에 차이는
매미의 자욱한 울음소리
아미타불을 향한 애절한 독경인가

풍경風磬을 바라보며

책상 위
먼지 날리는 숨소리 들으며
책장 귀퉁이에서 묵언 중인 풍경 하나
아마도 오색단청 처마 끝이 그리운가 보다
울음을 잊은 지 오래다

녹슬어 가는 얼굴을 찾아
빛바랜 앨범 넘기듯 무심히 툭 건드리면
잠에서 깨어난 듯
놀라서 운다

내가 바람이다
목젖이 보이도록 우는 풍경
울어 울어도 듣는 귀가 없다

거미와 어부

햇살이 비켜 가는 작은 창

집유령거미 한 마리 맨발을 이리저리 뻗어 보고 있다
어둡고 습한 요사체 하나 건축 중이다

창이 곧 우주다
죽는 날까지 살아도 익숙하지 않은 공간

어느 포구에선가
해풍에 목덜미가 새까맣게 그을린 어부
목주름이 파도이다
성난 파도로 너울지는 얼굴
발뒤꿈치는 소금보다 짜다
그물 위에 앉아 이리저리 찢어진 삶을 깁는다
먹이를 감는 거미처럼 조용하게
바닷바람을 꿰어 하늘이 내려앉은 그물을 깁고 있다

어부는 맨발을 이리저리 뻗어 바다를 더듬는다

그물에 걸린 낙엽 하나
세상 거미줄에 걸려 있는 어부

제4부　흐르는 물에 갈잎 하나

어느 여름날에

어두움이 점점 부풀어 오른다
악보가 흐릿하다

소낙비를 내리고
무지개를 만들어 주던 여름날
그 하늘을 바라보던 소녀는 어디로 갔을까?

이슬 같은 옛이야기가 잎새에 반짝이던 허공

햇빛도 시들어 가면 그림자도 사라지고
슬프다는 속삭임이 들리는데

달팽이가 집을 메고 흘러간 시간의 유적을 찾아다니듯
달콤한 가벼움과 감미로운 무거움 사이에서
내가 찾는 한 사람

오늘은 누구와도 한마디 말도 해 보지 못한 날
잠자리에서 울었다

'란희'라는 이름

난리통에 낳았다고 지어준 이름 란희
오랜 직장 생활에선 이름과 직책으로 불린 그날들이 내
이름 석 자의 꽃길이었다
뒤돌아보니 엄마라는 이름을 얻지 못했고
혼기가 지난 나이 때쯤부터 엄마는 나를 누나라고 불렀
는데
나이 먹은 딸아이 이름 부르기가 민망했던 모양이다

내가 지은 죄가 참으로 크다

조카가 생기면서 나는 미희 고모가 되었고
집안 어른들이 미희 고모야! 하고 부르면 자연스럽게 대
답이 나왔다
조카딸이 시집가고 다시 얻은 이름, 안양 아이라고 부
르신다

모임에 나가면 언니가 되어 있고
어색한 관계에선 선생님도 되며 단골 가게에 가면 낳아
본 적도 없는
아들의 어머니가 되어 있다

언젠가, 아파트 엘리베이터에서

25층 사시는 분이 손자 보고 아래층 할머니께 인사하란다

"시끄럽게 뛰어서 미안하다고"

순간 할머니가 누군가, 나 보고, 아니라고 할 수도, 그러라고 할 수도 없었던 더러운 기분이다

집에 들어와 애꿎은 가방을 사납게 내려놓으며

"나는 할머니가 아냐, 김 란 희 란 말이야!"

메아리 없는 천장에 대고 소리쳐 본다

누름돌

가슴에 누름돌 하나 품고 살았다

눌러 놓아도 되살아나는 당신과의 기억들
마른기침으로 쿨럭인다

강가에서 주워 온 납작 돌 하나
읽히지 않는 문장 위에 눌러 놓았다

시간에 새겨진 풍경이 누름돌에 피어난다

불정 영강 여울목에서 물장난하던 강물이 흐르고
소소한 바람은 강 언덕에 핀 아카시아 꽃향기 만지며 지
나간다
코고무신 뒤집어 들고 피라미 잡으며
잠자는 가재도 깨운다

물 위에 비추는 얼굴들
어디에 가면 다시 볼 수 있을까?

톱니에 잘린 단풍잎 하나

거슬러 오를 수 없는 물길을 여유롭게 따라간다

새벽 별빛이 서늘한 시간
시계 초침 소리가 익숙한 시간
가끔은,
내가 대견한 시간
그러하여도,
내가 나를 품을 수 없을 때 누름돌 하나 올린다

가을 옷장

가을꽃이 허공을 날고 있다
보도블록 위로 내려앉은 가을꽃
여름 향기가 바스락거린다

퇴직하고 입지 않는 정장
크기도 맞지 않고 색상도 어둡다
이 옷 속에 천둥 번개가 살고 있다

젖은 옷
달아나던 옷
숨어 버린 옷가지들
주머니 속에 손을 넣어 부스러진 시간을 더듬어 본다
당신의 목소리가 옷 갈피에서 들린다

아침 햇살 따라 창가에 줄을 서는 화분들
얍삽한 꽃들은 향습성이다
정장을 입은 꽃들은 오늘도
하늘을 열어 갈 것이다
목줄을 느슨하게 풀어 본다

낙엽이 옷장 구석에 모여 있다

지는 싸움

안데스산맥의 새소리가 들리는 커피

너 때문이다
늦은 저녁에 마신 아라비카 한 잔
하룻밤을 꼬박 새운다

나른한 몸을 뒤척이며 밤과 씨름 중
내가 지고 있는 것 같다

눈에 들어오지 않는 책장을 넘긴다
북극성
비둘기
편지
사라진 무지개를 찾는다

사계절을 보낸다
다섯 번째 계절을 보내려고 한다
바벨탑을 바라본다

가벼운 햇살이 먼지처럼 굴러다닌다

겹겹이 쌓인 무게
그것이 새의 깃털이라 해도
삶이라 무거웠다

아침을 물고 온 박새 우는 소리 들린다
뿌리 없는 도시가 깨어난다

누드화

침대 머리맡에
오래된 누드 그림 하나 걸려 있다

하얀 시트에 비스듬히 누워 긴 머리카락을 쓸어 올리고
있다
각을 세우고 있는 두 다리 사이 검은 숲이 아슬아슬하다
크지도 늘어지지도 않은 유방
나의 비너스다

천둥 번개 치는 낯선 처마 아래에서 알몸을 보았다
물거품에 가려진 나의 만년설
세상과 간통하지 못한, 삶
물에 빠진 무지개

껍데기와 싸우고 있다
껍데기가 바스러진다

이 세상과 저세상이 멀지 않다
생각을 만져 본다

한 생,
서리 내리고
안개가 끼고 함부로 접근할 수 없는
저 누드 그림

이순耳順

지나가는 것마다 부드럽습니다

큰불과 큰물 큰바람을 지나온 꽃 시절은 가고
명지바람이 잎새의 달을 물고 옵니다

젊은 날이 요란하게 갈 때처럼
옆이 터지지 않게 이 계절을 꼭꼭 눌러 봅니다

내가 해야 하는 나와, 내가 좋아하는 나
나뭇가지와 꽃잎조차도 높은 허들을 바라 봅니다
허공을 쳐다봅니다

당신이 뱉은 독사의 혀처럼 뾰족한 소리
내 가슴에서 꽃으로 피웁니다

만나는 일도 헤어지는 일도
예전처럼 맛깔스럽지 못합니다
하나둘 꽃이 떨어진 자리에 열매가 달리는 것을
이제 알 것 같습니다

오래 걸렸습니다

마지막 잎새

오늘
시간을 내다 버렸어요

매듭 풀린 시간이 반란을 일으켰네요
사십여 년 된 탁상시계, 건전지를 교체해도
제 삶을 포기하네요

그 속에는
별이 빛나고요
무지개 뜨는 언덕에서
연둣빛 종이비행기가 날아다니고요

시간에도
상처가 있어요
뜯어 놓고 챙기지 못한 그리움들은
떠나가면서 흔적을 남겼네요

그래요
진짜는 아직 오지 않았어요
도착하지 않은 시간들의 서성거림이 들려요

퀵으로

보내 주세요

시간이 없어요

건망증

비밀번호가 틀리다
현관 앞에서 멈칫 망부석이 된다
한 번 두 번
조급한 마음에 차량번호 생년월일
내가 밑줄을 그었던 숫자들을 찾아본다

이것저것 눌러 본다
분명 도둑이 들어와 번호를 바꿔 놓았다
내 집에 내가 들어갈 수 없다
내 집에서 내가 쫓겨났다

집을 두고 산책하러 나간다

고목과 한 몸이 되어 우는 매미
길냥이는 화단에서 햇빛과 수다 중이다
갈라진 틈새를 메우는 이끼
몸 닿는 곳마다 푸른 집

나를 보고 웃는 저 여자
어디서 봤더라

오래 틀었던 카세트테이프처럼 늘어져
느슨해진 머릿속

책을 읽다가
돌아서면 잊어버릴까
문장에 또 밑줄을 긋는다

학의천에서 2

잘생긴 판석으로
이어 놓은 징검다리
이쪽 산책로에서 건너편 언덕으로
건널 수 있는 디딤돌이다

조신하게 흐르던 물길이
징검다리를 만나면 말이 많아진다
서로를 안으로 파고드는 물살
몸의 놀림도 거칠어진다

흐르는 물에 걸림돌
갈잎 하나
어디로 갈지 몰라
빙빙 돌고 있다

세월을 바라본다

디딤돌 하나
걸림돌 하나
둘의 사이에 거울 하나가 흐르고 있다

엄마 나이

돋보기 너머로
귀밑 흰 머리카락이 보이네
어느 것 하나 공짜가 없는 세상이라는데
마음을 할퀴고 지나간 흔적

봄날 짝짓기하는 새들을 보아도
가슴에 화살이 꽂히는 통증이 일어날 때가 있었지
아궁이에 타다 남은 재의 열기로 악마와 거래하고 싶었던
젊은 날
사막에 발자국을 남기고픈 어리석은 욕망뿐

선명하지 못한 시야로 흔들리는 난간 부여잡고
발밑에서 부스러지는 시멘트 계단 올라 돌아본 도시는
신기루였다네

이젠 가벼움에 익숙해지기로 마음먹은
봄날,
흙담 아래 소꿉놀이는 여전하네

불면증

가끔 얼굴에 칼을 맞는다
아침에 눈을 뜨면 상처를 내고 사라진 범인
지난밤 무엇을 잘못했는지 곰곰 생각해 본다
불면과 씨름한 죄

한나절이면 아물던 상처가
저녁이 되어도 낫지 않는다

사는 일이 그렇다
더하기를 잘하는 삶으로
소리에 놀라지 않는 사자처럼* 살고 싶었다

가끔은 산산이 흩어지는 마음
덜어 내기를 참 잘하여 가벼워진 날처럼
찻잔을 두 손으로 감싸면 싸늘한 피가 온기로 몸에 퍼
진다

걸음마다 돌아보아도 나를 볼 수 없는 이승

섣달그믐 밤
내 시간의 잔고는 얼마나 남았을까?

세월에 지고 있다

오늘 밤도
암막 커턴 뒤에서 네가 나를 지켜보고 있다

* 숫타니파타 성인의 장.

마술 상자

검은 헝겊을 씌워 놓은 상자 하나
마술사 앞에 놓여 있어요

저 속에 무엇이 들어 있는지 누구도 알 수 없어요
기회는 한 번이에요

손을 넣어 더듬어 보았어요
굴러다니며 바스락거리기도 하는 것이 만져지네요
딱딱하기도 하고 물렁물렁하기도 해요
오감 놀이는 아니어요
어디로 튈지 모르는 럭비공 같기도 해요
팝콘처럼 가볍게 움켜쥘 수도 있고요

가끔은 보이지 않는 것이 행복일 때도 있었어요
눈에 넣어도 아프지 않은 것도 생겼어요

마당에 뒹구는 삶 하나
비 오는 날 각을 세우던 젊은 날들이
빗속으로 스며들어요

노인의 휘어진 등이 바닥에서 젖어 가고 있어요

나는 마술사 앞에 있지요
태어난 곳으로 돌아갈 준비를 하네요
인생은 매직이었나요?

손금 지도

내 손바닥을 당신 손 위에 올려놓고 손금 봐주시던 할
머니
잔주름이 이리 많으냐고 평생 걱정거리가 많겠다고
또, 명줄이 짧겠다고 혀를 끌끌 차셨다

내, 삶을 찾아가는 항로
당신 뱃속에서 시작되었지
인생의 등고선
아슬아슬 이어진 운명선 끝에 뜬 별 하나
영리하고 이성적이라는 지식선을 부여잡은 굳은살 박힌
손바닥은 항상 고달팠다

파도에 제 살을 깎는
갯바위처럼 살지 못한 세월이
파도를 일으키려는 바람처럼 바다를 바삐 건너다녔다
해조음도 없는 삭막한 길목에서 두 귀에 손을 대면
파도 소리가 자라났다

건기의 세렝게티, 무리에서 멀어진 암사자처럼
두 무릎을 낮추고 거친 숨을 삼켜 왔다

무서웠다

비탈이 나를 지탱하게 하였다

접힌 지도 한 장 노을 앞에 펼쳐 본다

윤동주 시집

서가 귀퉁이에 꽂혀 있는 시집 한 권
어느 날 손끝에 닿았습니다
하늘과 바람과 별과 詩

1948년 1월 10일 초판 발행
1976년 7월 15일 중판 발행
〈 값 구백 원 〉

김란희 씨에게
1976년 11월 26일
원영혜

오십여 년 전 친구에게 받은 선물

산모퉁이를 돌아 논가 외딴 우물로 찾아가 가만히 들여
다 봅니다
　우물 속에는 달이 밝고 구름이 흐르고 하늘이 펼쳐지고
파아란 바람이 부는
　가을이 있습니다
　숨은그림찾기 하는 얼굴 보입니다

해독할 수 없는 문장을 평생 품은 여인입니다

아름다운 시어詩語로 봄바람처럼 말하며
소설가가 되고 싶다 했던 그녀,

먼 후일 내가 시를 사랑하고
시를 쓸 줄 알았나 봅니다

장지에서

옷들의 죽음을 아무도 모르게 하라
옷들이 비밀리에 소각되고 있다

탑차가 끼익 소리를 내며 멈춘다
탑차에는 파쇄를 의뢰한 보안 물품이 가득하다
물건이 옮겨지는 시간
이동하는 물품도 소수에게만 공유한다
태그가 달린 새 옷들이 타고 있다

패션 디자이너는 영혼을 오려 넣었다
숲을 떠나온 파랑새의 울음이 재봉사의 손끝에서 접힌다
매연은 죽은 옷의 비명
경전 깃발처럼 펄럭이며 하늘을 올라간다

폐의류가 매장된다
장지葬地 옆 호숫가 잉어가 배를 하늘로 향하고 있다
꽃을 피우지 않는다
벚나무에서 매연 냄새가 난다

쓸쓸함이란 상표의 외투를 걸친다

유럽의 고성 같은 백화점 진열장을 바라본다
살아남은 외투가 손을 흔들며 서 있다

자아정체성 회복을 향한 유쾌한 생명적 화두

문광영(문학평론가, 경인교육대학교 명예교수)

　　김란희의 『세월을 넘어온 것들에 틈이 있다』는 두 번째 시집이다. 그러니까 2016년에 『아름다운 명화』(천년의시작)에 뒤이어 펴낸 시집이니, 꼭 10년 만에 발간한 셈이다. 당시 그녀의 시를 평설했던 공광규 시인은 "여러 인물과 제재를 통해 인생에 대한 회고적 시선을 보여주었다"고 전제하고, "조락해 가는 것에 대한 연민과 기억에 대한 향수를 불러일으켰다"고 평가했다.

　　지난번 시집이 회고적 체험의 외면 풍경에 비중을 둔 것이라면, 이번 시집은 보다 내면 풍경에 밀도 높은 성찰적 사유 내지는 유쾌한 상상력을 보여준다. 이러한 그녀의 시적 행보에는 관계적 대상 인식의 인드라망 내지는 물아일체의 생명적 시관에서 비롯된다. 그래서 그녀의 시에는 어떤 갈등이 없이 조화롭고 온화하다. 그저 혼연일체로 세계를 자아화하여 회감(回感)하는 미적 경지의 상큼한 시편들의 현장을 보게 된다. 이를테면 시편에 자주 드러나는 과거 회상적 이미지들은 자아정체성의 의미를, 관조적 체험에서는 미시적이고 다양한 자기 반영적 메타포의 시혼과 만날 수 있다.

1. 대상 친화적 인드라망의 생명적 메타포

　김란희 시 창작의 비법은 정감적 촉수의 내밀한 상상력에 있다. 이를테면 대상과 자아 사이엔 인드라망의 접속과 연결이라는 관계적 사유로 이루어진다. 그래서 대부분 시편들은 대상 친화적이고, 생명적 교감의 이미지로 남다른 상상력을 보여준다. 이는 삼라만상의 대상을 인드라망의 관계적 상상력으로 보고자 하는 시관의 발로다. 그리하여 시인은 남들에게 보이지 않는 세계, 남들에게 들리지 않는 세계를 찾아 자기만의 촉수로 충만한 시정을 그려낸다. 여기엔 에코 체인(eco chain)의 생명적 시관이라든가, 불교의 연기론, 그리고 베르그송(Bergson)의 엘랑비탈(élan vital)이라는 충만한 생의 순간이 작동하는 시적 행보가 녹아 있다.

　　나무의 뿌리가 길을 찾아 발을 오므린다

　　다시 뻗는다

　　나이테도 보인다

　　호비칼 지나간 자리마다 햇살을 받은 숲의 지문이 보

인다

　　꽃바람이 나무에서 잔잔한 물결을 일으키는 밤

　　함지박에는 당신의 평생이 담겨 있다

　　해안과 파도도 담겨 있다

　　당신이 노을을 지고 갯벌을 건너온다

　　구슬 속에 바다가 있다

　　당신의 손에서

　　구슬 속 세상이 자란다

　　구슬을 꼭 쥔다

　　구름에 햇살이 담겨 있다

―「인드라망」 부분

　시「인드라망」은 제목이 시사하듯, 중중무진 그물코로 연결되는 인드라망의 섭리가 엿보인다. 화자는 양지바른 곳에 놓여 있는 "빈 함지박"을 보며 활발한 연상적 상상력을 전개한다. 함지박에는 "길을 찾아 발을 오므린다"는 나무뿌리가 있고, 촘촘한 "나이테"까지도 끌어낸다. 그리고 "햇살을 받은 숲의 지문"도 연상한다. 또한 꽃바람이 나무에서 잔잔한 물결을 일으키는 상상과 불특정 청자의 "당신의 평생"까지도 거슬러 오른다. "해안과 파도", "노을을 지고 갯벌

을 건너”오는 당신을, 그리고 “당신의 손에서” 자라는 “구슬
속의 세상”까지 무한한 나래를 펼쳐간다. 이윽고 “구슬 속”
에는 “구름에 햇살이 담겨”있다는 것이 아닌가. 마치 사르
트르(J.P.Sartre)의 「구토」에서 보는 로캉탱이 나무뿌리를 보
고, 베일이 벗겨 드러내는 낯선 존재와 마주하는 것 같다.
사르트르가 존재의 허무감을 느꼈다지만, 이 시에서는 충
만한 에코 체인의 연결고리로서 생명적 시원을 읽게 한다.
그녀의 이러한 인드라망의 생명적 시상은 작품 곳곳에서 볼
수 있다. 가령 시 「파피루스」에서는 종이의 원료인 파피루
스를 놓고, “책꽂이에서 나무가 자라”는 모습을 그려내고,
여기에서 “원시림의 알몸을 묵상”하기도 한다.

    늙은 아파트 옆
    나이 먹은 느티나무

    가을바람에 로스팅 당한 갈잎들이
    오체투지길 떠나는 라마승처럼 엎드려 있네

    아름드리 느티나무 허리에 붙어 있는 육신 떠난 거푸집
    소신공양 열반에 든 듯 고목에 매달려 있네
    흡사, 바랑 멘 젊은 스님의 반듯한 뒷모습이 아닌가

    세 치 혀의 괴물이
    흘리고 다닌 이승의 업보

　　허물을 벗어 극락정토에 이를 수 있다면

　　그늘 따라 옮겨가며 발끝에 차이는
　　매미의 자욱한 울음소리
　　아미타불을 향한 애절한 독경인가
　　　　　　　　　　　　　　　—「허물의 의미」전문

　　시「허물의 의미」는 매우 재미있게 읽힌다. 보다시피 이
시는 "나이 먹은 느티나무"에 붙어 있는 매미의 허물을 보
고 쓴 시이다. 어쩌면 매미의 허물은 퇴락에 접어든 70세
에 이른 시적 화자의 모습이기도 하다. 이를테면 '늙은 아
파트', '나이 먹은 느티나무', '로스팅한 갈잎들', '육신 떠난
거푸집'이란 이미지들이 동격으로 맞물려 변주되기에 그렇
다. 특히 '라마승', '스님'으로 치환된 시어들은 화자의 정체
성 의식을 또렷하게 보여준다. '매미 허물'을 놓고 "오체투
지길 떠나는 라마승"이며 "소신공양 열반에 든 듯"이라든
가, "바랑 멘 젊은 스님의 반듯한 뒷모습" 등의 활달한 메타
포 운용은 불교적 상상력의 진가를 보여준다. 그녀의 이러
한 효과적 메타포 구사는 싱그럽고 환기력 높은 작품성으
로 직결된다. 화자 반영의 내면의식의 투사도 활발하다. "
세 치 혀의 괴물이/ 흘리고 다닌 이승의 업보"는 바로 자아
의 성찰 의식이고, 나아가 "허물을 벗어 극락정토에 이를 수
있다면"이라는 구절은 소박한 자기반영 의지를 드러낸 것
이다. 더불어 "매미의 자욱한 울음소리"가 "아미타불을 향

한 애절한 독경인가"로 끝맺는 해석적 의미부여도 시의 참
맛을 돋구게 한다.

<blockquote>
초의선사가 걸었던 동백나무 숲길
바람이 쌓인다
툭 떨어지는 동백꽃잎들
그 이야기를 듣는다

이것이 저것으로
저것이 이것으로 들어가지 못한 마음을
두 손 모아 기도하는
저 동백
전생에 낙화한 여인이 피어난 듯
마음엔 연등이 붉게 매달려 있다

대웅보전 꽃살무늬 문짝에 앉아 있는 나비경첩
천년 나무와 연기緣起하고
평생을 날아가는 나비
</blockquote>

—「백련사 동백」 부분

시 「백련사 동백」은 미시적 대상의 관계론적 통찰과 인드
라망의 연기적 상상, 그리고 의미부여의 메타포로 이루어
진 시이다, 곧 "동백 꽃잎"과 "낙화한 여인", 그리고 "연등"
에 이어지는 "꽃살무늬 문짝의 나비경첩", "천년 나무", "평

생을 날아가는 나비"라는 연쇄적 이미지들은 인드라망의 그물코들이다. '동백꽃잎들'에는 이야기가 담겨 있다는 것, "전생에 낙화한 여인이 피어난 듯/ 마음엔 연등이 붉게 매달려 있다"고 했다. 나아가 꽃살무늬에 박혀 있는 '나비경첩'에서는 "천년 나무와 연기緣起하고/ 평생 날아가는 나비"의 모습까지 그려낸다. 이러한 연상적 메타포에 의한 의미론적 이동은 인드라망, 곧 불교의 연기적 상상력과 맞물려 충만한 시정을 선사한다. 이는 자연과 사물, 모든 생명체들은 변별적으로 분리되고 독립된 개체들이 아니라, 관계론적, 상호의존적으로 연결되어 동일성을 이룬다는 작가의 시심이 발동된 것이다. 이렇듯 인드라망의 관점에서 '세계는 접속되어 있다. 고로 존재한다'라는 시적 명제가 성립된다. 이러한 생각의 배후에는 삼라만상을 고정성이나 변별성, 대립성으로 보는 것을 벗어나, '연결', '접속', '관계'로 보고자 하는 세계 합일, 물아일체의 시관이 깔려있기 때문이다.

집유령거미 한 마리 맨발을 이리저리 뻗어 보고 있다
어둡고 습한 요사체 하나 건축 중이다

창이 곧 우주다
죽는 날까지 살아도 익숙하지 않은 공간

어느 포구에선가
해풍에 목덜미가 새까맣게 그을린 어부

목주름이 파도이다
성난 파도로 너울지는 얼굴
발뒤꿈치는 소금보다 짜다
그물 위에 앉아 이리저리 찢어진 삶을 깁는다
먹이를 감는 거미처럼 조용하게
바닷바람을 꿰어 하늘이 내려앉은 그물을 깁고 있다

어부는 맨발을 이리저리 뻗어 바다를 더듬는다

그물에 걸린 낙엽 하나
세상 거미줄에 걸려 있는 어부

—「거미와 어부」 부분

시 「거미와 어부」는 거미와 어부라는 생명체를 병치하여, 그 생의 현장을 노래하고 있다. 곧 작은 창에 집을 짓는 "거미"와 포구에서 일하는 "어부"를 대칭시켜 연상적 메타포로 형상화한다. "어둡고 습한 요사체 하나 건축 중"인 거미, "해풍에 목덜미가 새까맣게 그을린", 그리고 "성난 파도로 너울지는 얼굴"에서 보는 어부의 일상은 험난하고 고단하다. 화자는 그러한 초췌한 삶을 "그물에 걸린 낙엽 하나"의 거미와 "세상 거미줄에 걸려 있는" 어부로서 동일성으로 보고 있다. 이들의 치열한 생의 현장에서 우리 일상적 자아의 모습도 읽게 한다.

시인이 모든 사물이나 생명체, 그리고 비현실적인 세계

라 해도 모두 연관, 중첩되어 있다고 보는 시관은 매우 참신하고 고무적인 일이다. 왜냐하면 시 창작에서 연상이나 발칙한 사유, 의미부여 등은 내가 곧 너가 되고, 사물이 나이고, 들꽃이 곧 우주가 된다는 상상적 논리가 시를 시답게 만들어가는 요인이 되기에 그렇다. 이러한 그녀의 시에서 자연 친화적 내지 사물 체험에서도 자기반영적 의미부여가 강하다. 그래서 늘 착상은 메타포를 수반하면서 중층적이고 열락적인 과거 회상의 생체험에서도 애틋한 정감을 보여준다는 것이다.

2. 모성적 그리움과 자아정체성의 회복 의지

저 넓은 바다에서 힘든 유랑 길에 올랐던 배들은 결국 항구라는 안식처를 찾아 귀소한다. 인간의 생에서도 원초적 고향 찾기는 자아정체성 회복의 근원이 된다. 이른바 세월의 흐름 속에서 어머니를 그리워하는 것, 내가 살아온 고향이나 풍물을 회감하는 것, 그리고 회고적 향수에 젖는 일은 물고기나 짐승들의 회유본능, 귀소본능과도 같은 것이다. 그 한복판에 김란희의 시편이 놓여 있다.

장독대 옆

홍시를 매달고 있는 감나무

잠자리 한 마리가 홍시를 꼭 끌어안고 있다

누군가를 닮아간다는 것은

소나기 맞고 서리도 맞으며
저렇게 탐스럽게 익어가는 것이겠지

산소 쪽 능선에서 불어오는 가을바람
엄마 냄새가 난다

—「홍시」 전문

시「홍시」는 저 세상에 계신 엄마를 그리워하는 애틋한 시
정을 담고 있다. 그 단초는 감나무에 매달린 홍시를 꼭 끌어
안고 있는 잠자리 한 마리에서 시작된다. 여기에서 감나무
나 잠자리는 모성이고 홍시는 화자 자신이다. 이렇게 동일
성의 메타포로 치환된 상상력은 자아정체성에서 비롯된 것
이다. 사촌은 어머니 때의 나이가 된 화자를 보고, 체격과
걸음걸이, 음성마저도 예전의 엄마를 닮았다고 했다. 시인
은 이 닮음이 빚어내는 회감적 통찰로서, 홍시에 정신적 의
미를 부여한다. 곧 누군가를 닮아간다는 것은 "소나기 맞고
서리도 맞으며 저렇게 탐스럽게 익어가는 것'이라는 성숙한
사유에 이른다. 이어 "산소 쪽 능선에서 불어오는 가을바
람"에서도 "엄마 냄새가 난다"는, 애상적 그리움에 젖는다.

신발장을 정리하다가
꼭대기 칸에 올려져 있는 오래된 종이 상자를 열어 본다

하얀 코고무신 한 켤레

바닥에 볼록하게 새겨진 물결무늬가 아직 선명하다
엄마가 회갑 때 신었던 고무신

당신은 지금도 여기에 머물고 있다

별들이 죽은 반딧불이처럼 숨도 쉬지 않는 새벽하늘
상처를 품어야 수액을 흘리는 고무나무처럼
살아온 길

숲은 바람의 요람
바람이 고무나무 숲을 지난다
상처가 아문다

뻣뻣해진 고무신을 쥐어 보니
투병하던 엄마처럼 부스러진다

―「징검다리」 전문

시 「징검다리」도 엄마를 그리워하는 애상적 정한이 짙게 묻어 있다. 신발장을 정리하다가 발견한 "하얀 코고무신 한 켤레", 엄마가 회갑 때 신었던 코고무신이다. 그 하얀 코고무신은 엄마의 분신이요, 엄마의 영혼이기도 하다. 나아가 마지막 연의 "뻣뻣해진 고무신을 쥐어 보니/ 투병하던 엄마처럼 부스러진다"라는 시구에 투병 속에서 고통을 겪어야 했던 엄마의 모습이 애절하게 구사된다.

그렇게 엄마는 살아생전 "별들이 죽은 반딧불이처럼 숨도 쉬지 않는 새벽하늘"에 일터로 나가야 했다. 그리고 "상처를 품어야 수액을 흘리는 고무나무처럼" 자식들을 홀로 건사해야 했다. 왜냐하면 당시 아버지는 탄광 사업으로 여기저기 떠돌이 삶을 살아야 했고, 그마저 일찍 돌아가시는 바람에 엄마는 부재중인 아버지를 대신하여 가장 노릇을 해야 했다. 화자는 그런 고무신이 주는 연상력으로 고무나무 숲을 떠올린다. 그 "숲은 바람의 요람"이다. 이윽고 바람이 '고무나무 숲'을 지나며 "상처가 아문다"는 시적 논리를 펼친다. 이 시에서 바람은 기억을 생성케도 하지만 동시에 해체시키는 메타언어적 질료로서 역할을 한다.

그녀의 시편들에서 바람의 이미지가 다채롭게 차용된다. "가을바람", "꽁무니바람", "꽃바람", "숲길 바람", "바닷바람", "봄바람" 등 도처에서 드러난다. 비단 김 시인뿐만 아니라, 많은 시인들이 바람을 소재로 삼아 시를 쓴 바 있다. 이는 보이지 않는 바람의 다양한 상상의 해석적 코드로 동원되거나, 시 공간의 역동적 이미지를 드러내는 코드로 적합하기 때문으로 여겨진다. 이러한 "바람"의 이미지와 더불어 "가을비"나 "봄비" 같은 자연 변화에 민감한 촉수로 반응한다. 시 「소리 감별법」에서는 "가을비가 창문을 톡톡 두드린다"라고 전경화되고 있는데, 자아 성찰 내지 자아 각성의 코드로 읽혀진다. 시 「가을비가 내리면」에서도 비가 내리기라도 하면 모정을 향한 애상적 그리움을 펼쳐간다.

침묵을 냉장고 안에 넣었다
침묵에는 방해가 없다

침묵 속에서도 베이컨은 냄새가 났다

양파는 침묵에서도 새싹이 났다
싹이 난 침묵을 냉장고 안에서 들어냈다

엄마도
가끔 침묵을 가슴에 품고 그르렁거리며
며칠씩 자리에 누워 있었다
유통기한도 없는 침묵이 가슴속에서
썩어 가는 줄 몰랐다

—「침묵에도 소리가 있다」 부분

시 「침묵에도 소리가 있다」에서는 냉장고를 정서 표현의 객관적상관물로 삼아 작품화하고 있다. 하나의 참회의식 같은, 모정 그리움의 정서로 밀도 있게 형상화한다. "침묵에도 소리가 있다"는 반어적 표현의 의미는 무엇일까. 화자는 냉장고에서 '썩어 가는 양파와 베이컨의 냄새'를 맡는다. 앞서 화자는 냉장고에 침묵을 넣어두기도 했다. 그런데 그 침묵 속에서도 베이컨은 냄새가 났고, 양파는 침묵에서 새싹이 나왔다고 했다. 화자는 여기에 침묵으로 방기했던 모정을 유추시켜 성찰 의식을 드러낸다. 엄마도 양파나 베이컨처럼 가끔 "침묵을 가슴에 품고 그르렁거리며/ 며칠씩 자리에 누워 있었다"는 것, 그렇게 "유통기한도 없는 침묵이 가슴속에서/ 썩어 가는 줄 몰랐다"는 후회의 안타까운 시정을 토로한다.

> 할머니는 장독대에서 가끔 이상한 행동을 하였다
> 빈 장독에 귀를 대고
> 손끝으로 배를 톡톡 두드려 보는 것이다
>
> 장독이 할머니에게 무슨 비밀을 말하는지
> 몰래 항아리에 귀를 대어 보았다. 그런데
> 아무 소리도 들리지 않았다
> 할머니는 보이지 않는 소리를 듣는다고 했다
> 실금 간 항아리가 내는 소리는 여물지도
> 청아하지도 않다고 했다
>
> 가을밤에 내 몸을 똑똑 두드려 본다
> 탁한 소리가 난다
> 금이 간 몸에서 나는 소리가 아닌가
> 으악새 우는 소리는 들을 수 있는데
> 내 몸이 우는 소리를 듣지 못했다
>
> 가을비가 창문을 톡톡 두드린다
>
> —「소리 감별법」 전문

시 「소리 감별법」은 매우 흥미롭게 읽힌다. 이 시는 전반부에서 유년 시절 장독대에서 가끔 있었던 할머니의 "이상한 행동"을 보여주고, 후반부에서는 자신의 몸을 항아리로 치환, 자기반영적 깨달음으로 형상화한다. 그 할머니의 이상한 행동이란 가끔 "빈 장독에 귀를 대고/ 손끝으로 배를 톡톡 두드려 보는"일이었다, 그러니까 항아리가 온전한지, 실금이 갔는지를 변별하기 위한 것, "실금 간 항아리가 내는 소리는 여물지도/ 청아하지도 않다"는 애기를 듣는다. 당시 어린 화자에게는 알 수 없는 매우 비밀스러운 사건이었을 것이다. 세월은 흘러 지금은 할머니 연세에 이른 성숙한 화자, 자신의 몸을 똑똑 두드려 본다. 그랬더니, "금이 간 몸에서 나는", "탁한 소리가 난다"는 게 아닌가. "으악새 우는 소리는 들을 수 있는데/ 내 몸이 우는 소리를 듣지 못했다"라는 우매함을 토로한다. 바로 자기정체성의 회복 의식을 드러낸 것이라 할 수 있다.

> 몽당 갈대 빗자루에 풀을 묻혀 문살에 바른다
> 갈대 향이 피어난다
> 문풍지에서 갈대 우는 소리가 들린다
> 달 밝은 밤 창호지 문에는 갈대밭에서 날개를 퍼덕이는
> 고니의 그림자가 어른거린다
>
> 동그란 문고리 옆에
> 은행잎 단풍잎 국화꽃 덧대어 붙이던 늦가을

위「창호지 바르기」는 어릴 적 할머니와 함께 창호지를 발랐던 회고적 그리움을 형상화하고 있다. 아마도 화자는 유년 시절, 할머니와 많은 시간을 보낸 듯하다. 당시 집집마다 늦가을이 오면 겨울나기 채비를 위해 문짝에 창호지를 새로 발라야 했다. 화자도 일손을 보태기 위해 여닫이문을 세워놓고 풀칠을 하거나 창호지를 맞잡아 주곤 했단다. 당시의 기억을 생생하게 되살려 쓴 시구가 정감이 넘친다. 화자는 창호지 문에서 "갈대 향"이 피어난다고 했고, "문풍지에서 갈대 우는 소리"가 들린다고 했으며, 또 "고니의 그림자"까지도 어른거렸다고 했다. 더욱 싱그러운 시구는 한나절쯤 지나 창호지를 퉁퉁 쳐보면 "장구 소리가 났다"는 회상은 매우 실감미가 넘치고 정겨운 회고다.

유독 그녀의 시편에는 할머니나 어머니, 아버지에 대한 회억적 그리움을 담은 시들이 많다. 아마도 아버지와 일찍 사별하고, 주로 할머니가 키워주셨기 때문으로 보인다. 어머니와는 함께 지냈으나 가계 일로 바빴기에 그리 큰 사랑을 받지 못하고 큰 것 같다. 그러하니 할머니에 대한 회억적 시정이 두드러지게 나타나고 있는 것이리라. 시「보자기」에서 보듯, 보자기를 만질 때면, 박하사탕이며 강낭콩 빵이며, 참빗 등 갖가지를 회억적 그리움으로 토로한 시에서도 이를 엿볼 수 있다.

사람은 누구든지 나이가 들어갈수록 원초적인 고향을 회고하고 그리워한다. 그러므로 생존적 작동에서 자아정체성 회복은 위력적인 키워드가 된다. 그녀의 고향 회귀의 시에는 할머니, 어머니, 아버지, 그리고 고향 풍물들이 자리한다. 바로 모성적 고향 회고의 이미지들은 자아정체성 회복의 코드로 작동되면서 화자 존재에 대한 원초적 뿌리 의식이자, 자아 존중감의 발로로 드러난다.

3. 미시적 시안(詩眼)의 자기반영적 성찰의식

김란희 시는 미시적이고 정갈한 시맛을 보여준다. 한마디로 일상의 순간에서 포착되는 대상을 놓고 자기만의 미학적 시관(詩觀)으로 생에 대한 성찰의식을 정치하게 직조, 형상화한다. 이를테면 일순간 베르그송의 생체험 같은 생명적 약동이나 하이꾸(俳句)적 시정, 나아가 선시(禪詩)적 깨달음 같은 것이다. 그리고 여기에 미시적이고 현미경적인 자기반영적 성찰의식을 담아낸다. 나아가 독자와의 소통성이나 환기력을 고려한 때문인지, 시어 운용이나 이미지의 처리에서도 남다른 전략을 보여준다. 이를테면 시편마다 엘리엇(T.S.Eliot)의 객관적상관물을 차용한다든지, 감각적 치환의 상징적 이미지, 그리고 메타포적 상상력까지 활발하게 구사한다.

겨를의 발자국들로 다져진 시멘트 계단

고, 자기 몸을 부스러트려 모퉁이에 틈을 만든다
세상과 어울리는 일이다

담쟁이덩굴이 기어오른다
고깔바위이끼가 자란다
민들레가 핀다

틈새는 생존이다

봄이 새싹을 피워 올린다
꽁무니바람도 분홍 햇살도 쉬어 간다
봄바람은 꼬리에서 향기가 난다
계단이 활짝 피어난다

틈새는 마음이다
틈새는 인연을 만든다

허물어진 틈새 사이로 내가 보인다
—「세월을 넘어온 것에는 틈이 있다」 부분

　그녀의 시에서 미시적 대상 인식의 촉수는 날카롭다. 위 시는 틈새가 세상을 만들어 간다는 시적 명제를 깔고 있다. 시멘트 계단에 자라나는 담쟁이덩굴, 고깔바위이끼를 보고, 자아 성찰의식을 농밀하게 드러낸다. "틈새는 생존"이어서 "봄의 새싹을 피워" 올릴 수 있고, "분홍 햇살도 쉬어" 갈 수 있으며, "봄바람은 꼬리에서 향기가 난다"고 하는 것. 그리하여 틈새는 "마음"이고, 나아가 "인연을 만든다"는 시적 논리다. 아마도 그녀에게 있어 '틈새'는 이순의 나이에 유한적 생의 인식으로 웅숭깊게 지난 세상사를 간파, 초탈코자 하는 의식이 묻어 있다. 그리하여 마지막 행 전경화(前景化, foregrouding)로, "허물어진 틈새 사이로 내가 보인다"는 자기반영적 의미를 부가한다.

'틈새'란 '벌어져 사이가 난 자리'를 말한다. 이러한 틈새, 경계는 시간과 공간적 층위에서 메타적 코드로 다양한 해석을 가능케 한다. 그녀는 "허물어진 틈새", 경계 사이에서 생명적 의미로 다가선다. 이를테면 들뢰즈(Deleuze)의 '경계적 생성(becoming)'으로서, 틈새 속에서 피어나는 생명적 존재에 대한 숭고한 인식 같은 것이다.

> 갯돌 해변에는
> 썰물로 만들어진 모래 풀등이
> 세상과 경계를 짓느라 찰랑거린다
> 저 혼자 핀 갯무꽃은 파도 소리 들으며
> 햇살과 눈금재기를 한다
>
> 남도 갯길 따라 걸어가는 상서마을 돌담길
> 작은 돌이 큰 돌 틈을 받쳐 주어도 고달프지 않은
> 휘어진 담 너머 삶이 궁금하다

—「청산도」 부분

　시 「청담도」는 섬 기행의 체험적 촉수의 정감이 짙게 반영되고 있다. 그 촉수의 정감은 미시적으로 촘촘하면서도 날렵하고, 사유의 무게감도 있다. 화자는 먼저 갯돌 해변과 그 돌담길의 풍경을 놓고 생명적 시안으로 파고든다. "썰물로 만들어진 모래 풀등이/ 세상과 경계를 짓느라 찰랑거린다"라는 청각적 표현에, 이어 "혼자 핀 갯무꽃은 파도 소리 들으며/ 햇살과 눈금재기를 한다"는 시각적 표현이다. 농밀한 생명적 관찰의 깊이와 내면적 의미부여 결합, 이런 정서적 교감이야말로 서정시의 참맛이다. 후반부에서 화자는 "작은 돌이 큰 돌 틈을 받쳐 주어도 고달프지 않은"이라고 관계적 존재의 비의(秘義)도 포착해 낸다. 바로 존재하는 것들이 지닌 인드라망의 섭리를 발견한 것. 화자가 마지막 행에서 말했듯이, 이런 풍경을 바라보다가 화자 자신은 "생각을 놓아버린다"라고 의식마저 포기, 자연과 동화된다.

　　책장 귀퉁이에서 묵언 중인 풍경 하나
　　아마도 오색단청 처마 끝이 그리운가 보다
　　울음을 잊은 지 오래다

　　녹슬어 가는 얼굴을 찾아
　　빛바랜 앨범 넘기듯 무심히 툭 건드리면
　　잠에서 깨어난 듯

놀라서 운다

—「풍경風聲을 바라보며」 부분

　김란희의 시적 착상을 일으키는 소재들은 모두 미시적 시안으로 갈무리되는 작품이 많다. 시「풍경風聲을 바라보며」는 하나의 사물시로 내밀한 시안으로 다가선다. 화자는 "책장 귀퉁이에서 묵언 중인 풍경 하나"를 놓고 관조한다. '풍경'은 울기 위해 태어난 사물이다. 절간의 처마 끝에서 바람과 더불어 살아야 하는 운명을 지니고 있다. 불가에서 풍경의 울음소리는 번뇌에서 깨어나라는 수행적 의미를 지닌다. 따라서 그 소리의 시선은 개인적이고 우주적 응시의 여정이기도 하다. 그런데 절간을 벗어나 책장 귀퉁이의 오브제(objet)로, "울음을 잊은 지" 오래된, "녹슬어 가는 얼굴"로 있다. 어쩌면 풍경은 화자의 분신으로서 "목젖이 보이도록" 울고 싶은 김 시인의 자화상인지도 모른다.

　그녀의 사물시를 접하다 보면 생명적 이야기를 앉히려는 시심을 발견한다. 사실 우리 주변은 온통 내밀한 이야기로 가득 차 있다. 내가 본 하나의 풀잎, 시냇가의 돌 하나도 나름의 이야기로 얽혀 있고, 어느 것 하나 의미 없는 것들은 없다. 사람처럼 생명체 모두가 이야깃거리를 지니고 있다. 이들은 우리와 결코 무관치 않다. 나의 한 생애가 한 권의 이야기책이듯 세상에 존재하는 것들은 다 무수한 사건들로 이어진 생생한 삶의 이력을 갖고 있다. 김 시인은 곧잘 사물 대상의 특질이나 체험적 에피소드를 살려 자기반

영적으로 유의미하게 성찰하고 세계를 해석하려는 시적 비
전을 보인다.

4. 탈존적 시간 인식, 그리고 고독과 연민의 시정

우리는 늘 시간과 공간의 제약을 받고 살아간다. 하지만
시인이나 예술가들은 자기만의 눈높이로 시간이나 공간을
재구성하고, 도구적 사물성을 해체, 초월하는 등 작품으로
형상화한다. 그래서 시 작품에서는 실존의 시간 아니라 온
전히 탈존적 시간을 지향한다. 특히 경험적 시간성으로 갈
무리되는 시 작품에서의 시간적 흐름은 비약적으로 뒤집거
나 축약, 병치해 놓는 등 활달한 상상력으로 펼쳐진다. 그
리하여 대상 너머에 있는 낯선 세계를 끌어와 작가 내면과
결부시켜 의미 있게 재해석하여 작품화한다.

김란희의 시편들은 생과 결부된 탈존적 시간 의식을 도
처에서 보여준다. 이를테면 미시적 대상의 깊이에 자기반
영적 실존적 고독이나 연민 의식 내지 그리움의 회한을 시
간 의식으로 풀어내는 작품이 많다. 자신을 포함한 모든 생
명체나 삼라만상이 시간성 위에 놓여 있다는 것, 그리하여
시간 속에서 생명체들의 움직임을 촘촘한 시안으로 다가가
형상화한다.

오늘
시간을 내다 버렸어요

매듭 풀린 시간이 반란을 일으켰네요
사십여 년 된 탁상시계, 건전지를 교체해도
제 삶을 포기하네요

그 속에는
별이 빛나고요
무지개 뜨는 언덕에서
연둣빛 종이비행기가 날아다니고요

시간에도
상처가 있어요
뜯어 놓고 챙기지 못한 그리움들은
떠나가면서 흔적을 남겼네요

—「마지막 잎새」부분

시 「마지막 잎새」라는 제목을 보니, 오 헨리의 단편소설이 떠오른다. 소설에서의 '잎새'는 절망하던 이에게 참된 삶의 용기를 주었다. 하지만 이 시에서 '잎새'는 시간적 흐름, 곧 과거를 회상하는 질료로서 상징적 이미지로 쓰인다. 곧 "사십여 년 된 탁상시계"에서, 화자는 "매듭 풀린 시간이 반란을" 일으키는 상념을 목도한다. 그 사물 오브제 속에는 "별이 빛나고", "무지개 뜨는 언덕"에 "연둣빛 종이비행기가 날아다니"는 동심이 있던 곳이다. 그뿐만이 아니라. 과거의 '상처'가 서려 있고 챙기지 못한 '그리움'의 흔적도 남아 있다. 하지만 과거는 현재에서 미래로 이어지는 무한한 기대도 서려 있는 곳이다. 이렇듯 그녀의 시에서 시간의 결말을 보여주는 '마지막 잎새'는 죽음이자 동시에 환생을 암시한다. 그래서 생의 회복으로서 마지막 잎새를 "퀵으로/ 보내주세요"라고 한 것이다.

조신하게 흐르던 물길이
징검다리를 만나면 말이 많아진다
서로를 안으로 파고드는 물살
몸의 놀림도 거칠어진다

흐르는 물에 걸림돌
갈잎 하나
어디로 갈지 몰라
빙빙 돌고 있다

세월을 바라본다

디딤돌 하나
걸림돌 하나
둘의 사이에 거울 하나가 흐르고 있다

—「학의천에서 2」 부분

　시「학의천에서 2」란 시편에서도 시간성 위에서 갈무리되고 있다. 곧 '학의천'이란 산책로의 징검다리 사이를 흘러가는 '물길'이 시간으로 대체되면서 화자의 탈존적 의식을 드러낸다. 마지막 행에서 보듯 그에게 있어 생의 시간, 세월은 곧 "디딤돌 하나"이고, 동시에 "걸림돌 하나"이기도 하다. 이 둘의 사이에 "조신하게 흐르는 물길"은 화자 자신의 실존적 생의 흐름이며, 그 흐르는 물살은 자기를 반추하는 "거울"이기도 하다. 나아가 중층적 이미지로서 "갈잎"은 또한 화자 자신으로, 때로는 갈잎이라는 화자 자신의 걸림돌이 되기도 한다. 이렇듯 그녀의 시편들에는 자연과 사물을 조우하면서 곧잘 자기반영적 동화와 투사의 일체감으로 생의 탈존적 시간 인식을 보여주거나 자기 삶을 반추, 성찰하는 상징이나 객관적상관물로 등장하는 소재가 많다.

계절도 무늬를 그리며
성장하는가
수리산 정상의 아침은 수묵화다

유리잔의 하얀 감자꽃
벌, 나비와 정사(情事)가 없어도
잘린 몸 추스르며 생을 꽃피운다

햇살이 들려주는 잡것들의 세상 이야기
깨진 술잔이 부르는 짜디짠 노래 들으며
뿌리내리고 사는 생이 꼿꼿하다

세월이 지나가는 몸

기다림은 오래되어 꽃을 피우고

저리 발랄한데

―「꽃피우다」 부분

시 「꽃피우다」는 생명적 자연풍경의 모습을 시간성 위에서 노래한 시다. 이를테면 산하의 계절이며 초목이란 '기다림의 세월 끝에서야 비로소 생의 꽃을 피운다'라는 시적 명제가 깔려있다. 화자는 후반부에 이르면 이러한 생을 꽃 피우는 자연의 섭리에 자신을 내면화하여 반추해 나간다. 곧 인간의 유한적 삶을 "세월이 지나가는 몸"으로 유추시키고, "이제야 가만히 밀어낸다/ 그래야만 한다"고 꽃의 발랄한 이미지며, 자연에 동화되는 싱그러운 정조를 드러낸다.

김란희 시인은 뿌리부터 서정주의자이다. 그래서 그녀의 대다수 시편들은 자연 세계와 자아가 '동화'되어 일체감의 정서로 이루어지는 것이 많다. '동화'로서 일체감이란 '세계의 자아화'이다. 이는 화자가 세계를 자신의 내부로 끌어들여서 내적 인격화하는 방법이다. 그래서 곧잘 그의 시 쓰기는 자연이나 사물 관찰을 미시적으로 접근하면서 내적 인격화 내지 회감을 통하여 정신의 옷을 입혀 나간다. 이를테면 자신의 가치관, 감정, 욕망 같은 것을 대상과 동일화하여 시정을 풀어간다는 것이다. 슈타이거(E.Steiger)의 말을 빌리면 이러한 서정적 동화의 정신은 사람의 마음을 부드럽고 따뜻하게 만들어 준다고 했다.

　그녀의 이러한 시간 인식은 시 「누름돌」 같은 사물시에서
온전히 드러난다.

　　　강가에서 주워 온 납작 돌 하나
　　　읽히지 않는 문장 위에 눌러 놓았다

　　　시간에 새겨진 풍경이 누름돌에 피어난다

　　　불정 영강 여울목에서 물장난하던 강물이 흐르고
　　　소소한 바람은 강 언덕에 핀 아카시아 꽃향기 만지며
　　지나간다
　　　코고무신 뒤집어 들고 피라미 잡으며
　　　잠자는 가재도 깨운다

　　　물 위에 비추는 얼굴들
　　　어디에 가면 다시 볼 수 있을까?

　　　톱니에 잘린 단풍잎 하나
　　　거슬러 오를 수 없는 물길을 여유롭게 따라간다

　　　(중략)

　　　내가 나를 품을 수 없을 때 누름돌 하나 올린다

　인간은 시간의 흐름에 묶여 살아간다. 어느 날 우연히 태어나 세계에 기투(企投)된 존재로서, 그리고 죽음을 향하여 달려가는 유한적 존재다. 그렇게 하이데거(M. Heidegger)는 우리의 생이야말로 불안을 안고 사는 숙명적인 존재라고 보았다. 하지만 그가 말하는 불안은 단순히 심리적인 것이 아니고, 이를 통하여 자기 존재의 한계를 깨닫고, 순간에 집중하는 실존적 의미의 삶이다.

　위 시 「누름돌」을 읽다 보면 실존적 자각의 냄새가 짙게 드러난다. 누구에게나 늘 엄습해 오는 막연한 불안과 연민의 정서를 겪는다. 그래서 우리의 삶 속에는 고독과 외로움, 그리움과 슬픔이 늘 따라다닌다. 그녀의 많은 시에서 드러나는 이러한 정서의 흐름은 유한적 인간이기에 자연스러운 일이다. 시편의 첫 행에서 화자가 "가슴에 누름돌 하나 품고 살았다"고 한 것은 솔직한 고백이다. "물 위에 비추는 얼굴들"에 대한 그리움과 회억, 그리고 "톱니에 잘린 단풍잎 하나"라는 자연 세계, "새벽 별빛이 서늘한 우주"의 신비, "내가 대견한 시간" 등의 일상마저 "내가 품을 수 없을 때"가 있기 마련이다. 화자는 마지막 행에서, 이러한 수많은 생의 정서와 마주할 때마다 "누름돌 하나 올린다"고 했다. 그러고 보면 '누름돌'이란 사물도 시간의 압력과 물의 세월(시간)이 만들어 놓은 합작품이 아닌가. 화자는 이러한 시간과 공간의 축적으로 형성된 '누름돌'의 이력과 무

게, 그 모양이 의미하는 시적 관조로 자기반영적 깨달음을
녹아낸다. 이렇게 그녀의 시에 드러나는 시간 인식은 생의
자각과 회감을 통해 생명적 회복의 실존적 성찰 의식과 맞
물려 드러난다.

이슬 같은 옛이야기가 잎새에 반짝이던 허공

햇빛도 시들어 가면 그림자도 사라지고
슬프다는 속삭임이 들리는데

달팽이가 집을 메고 흘러간 시간의 유적을 찾아다니듯
달콤한 가벼움과 감미로운 무거움 사이에서
내가 찾는 한 사람

─「어느 여름날에」 부분

광야에서는 길을 만들어 가며, 세상 사는 지혜를 가르
쳐 주던, 나에게 아름다운 그늘이 되어 준 사람. 가슴에 품
을 말 한마디 서로 건네지 못했다. 파괴 없이 창조가 없듯이
얼굴에는 삶의 사계절이 묻어나고, 슬픔은 부서질 줄 모르
고 도둑고양이처럼 내 마음의 담을 넘나들었다.

웃는 모습으로 편안해진 이제 서야
나도 누군가의 그늘 속에서 자라고 있다는 것을 알았다

─「그늘」 부분

시「어느 여름날」이나 「그늘」을 보면 부정(父情)에 대한 그리움을 시간성에 담고 있다. 곧 자아정체성 찾기의 한 단면을 드러낸 회억적인 시로, 그 실존적 독백이 회고적 시간에서 그려지고 있다. 시「어느 여름날」은 유년 시절에 경험했던 소낙비와 무지개의 회억으로 드러난다. 비가 내리던 날이면 "하늘을 바라보던 소녀"는 누구와도 한마디 말도 해보지 못하고, "잠자리에서 울었다"고 고백한다. 어쩌면 일찍 아버지를 여의고, 할머니 밑에서 외롭게 자란 기억이 만들어낸 외로움일 것이다. 또한 시「그늘」은 신호등 옆에 설치한 파라솔을 놓고 썼는데, 자전적 회감을 통해 의미부여한 작품이다. 그러니까 "달콤한 가벼움과 감미로운 무거움 사이에서/ 내가 찾는 한 사람"(「어느 여름날에」)에서의 '사람', 그리고 "광야에서는 길을 만들어 가며 세상 사는 지혜를 가르쳐 주던/ 나에게 아름다운 그늘이 되어 준 사람"(「그늘」)이란 구절에서의 '사람'이 모두 '아버지'를 지칭한 것으로 읽히며, 각기 부정의 그리움을 토로한 것으로 보인다.

김란희 시에서 이러한 고독이나 외로움의 정서를 드러내는 자화상의 시편들은 시간성과 결부되어 형상화된다. 시「불면증」, 「엄마 나이」, 「누드」, 「이순(耳順)」, 「장지에서」 등의 시편들은 그녀 특유의 시간적 정서 표현으로, 시작의 원천이 되기도 한다. 그러니까 고독과 외로움을 통하여 자신의 내면을 연결하고, 존재의 근원과 만나며, 과거의 삶과 현재의 삶을 연결하여 자기반영적으로 의미를 숙고하는 실존의식이다. 그렇게 내면적 대화에 집중함으로써 정신적, 영적 깊이의 시상을 얻어나간다. 여기에는 존재의 용기(Courage to be)로서 불안과 마주하고 그것을 극복하는 힘도 실려있다.

적, 영적 깊이의 시상을 얻어나간다. 여기에는 존재의 용기(Courage to be)로서 불안과 마주하고 그것을 극복하는 힘